RIPOCHE

DRAME VENDÉEN EN UN ACTE

PAR

M. l'Abbé de MARTRIN-DONOS

*Supérieur de l'Institution Sainte-Marie
à La Roche-sur-Yon*

PARIS

HATON, Libraire-Éditeur

35, RUE BONAPARTE, 35

—

1909

Dans la si intéressante brochure de M. le comte de Chabot, intitulée Paysans Vendéens, *on lit les lignes suivantes :*

Un soldat Blanc nommé Ripoche, pris les armes à la main, fut conduit par les Bleus au pied d'une croix. Là, ils lui présentent une hache en lui promettant la vie sauve, s'il consent à l'abattre. Ripoche prend la hache, ses camarades de captivité frémissent, se figurant qu'il va commettre un sacrilège. Mais Ripoche, se tournant vers les Bleus, s'adosse à la croix et jure de la défendre; on se précipite sur l'héroïque Vendéen, une mêlée s'engage; mais enfin, couvert de blessures, la hache s'échappe de ses mains, et c'est en embrassant la croix qu'il reçoit le coup mortel. « J'adore le signe de ma rédemption », telles furent les dernières paroles du héros-martyr.

Le vicomte Walsh, dans le 1ᵉʳ volume de ses Lettres Vendéennes, *rapporte le même récit et nous apprend que Ripoche était de la paroisse du Loroux, près Nantes.*

RIPOCHE

DRAME VENDÉEN EN UN ACTE

PAR

M. l'Abbé de MARTRIN-DONOS

*Supérieur de l'Institution Sainte-Marie
à La Roche-sur-Yon*

PARIS

RENÉ HATON, Libraire-Éditeur

35, RUE BONAPARTE, 35

1909

DÉDICACE

AUX JEUNES CATHOLIQUES

DE LA

CONFÉRENCE SAINT-LIENNE DE LA ROCHE-SUR-YON

A vous, mes chers amis, qui êtes entrés dans l'Association Catholique de la Jeunesse Française, pour consacrer vos jeunes années à l'étude et à la défense de la religion, je dédie cette scène dramatique. Puisse l'exemple glorieux de Jean Ripoche affermir votre foi et ranimer votre ardeur.

J. de MARTRIN-DONOS
Aumônier de la Jeunesse Catholique Vendéenne.

RIPOCHE

Drame Vendéen en un Acte

PERSONNAGES :

JEAN RIPOCHE, jeune vendéen.
FRANÇOIS, son frère.
GERVAIS, son cousin.
Le Père RIPOCHE.
JACQUES LORTON, paysan.
PRELAN, officier des bleus.
MUSSIER, sous-officier.
Plusieurs soldats républicains.

> *La scène représente une clairière au milieu des bois. A gauche, un calvaire; à droite, bancs rustiques.*
>
> *Au lever du rideau, François est devant la croix, un genou en terre. Il égrène son chapelet. Jean Ripoche et Gervais sont assis sur le banc, ils causent. Ils sont armés de faux et de haches. — François a la tête bandée et Jean est blessé à la jambe.*

SCÈNE PREMIÈRE

JEAN, FRANÇOIS, GERVAIS

JEAN

Oui, Gervais, ces misérables bandits on mis tout à feu et à sang à la ferme du Bas-Briacé.

GERVAIS

Ma tante?

JEAN (*essuyant une larme*)

Morte, massacrée par les bleus, pendant qu'elle couvrait de son corps mes deux jeunes sœurs.

GERVAIS (*vivement*)

Tes sœurs! Que sont-elles devenues? Mariette?...

JEAN

Massacrées elles aussi par les affreux soldats de la République. Mortes toutes les trois en faisant le signe de la croix et en priant pour leurs bourreaux.

GERVAIS

Chère Mariette!

JEAN

Mariette, ta fiancée, Gervais, a été tuée la première après notre vénérée mère. Elle est tombée sur les petites sœurs, comme pour les protéger, elle a répété ton nom à deux reprises....

GERVAIS (*pleurant*)

Mariette! Mariette!... (*Un silence*) Ah les bandits!... Mais toi que faisais-tu? N'étais-tu pas là pour les défendre. Et ton père, et ton frère Jacques?

JEAN

Jacques a été tué dès le commencement du combat, par une balle qui l'a atteint en plein cœur après avoir brisé les vitres de la fenêtre. Il s'est affaissé aussitôt, sans un mot, en serrant contre sa poitrine l'image bénie du Cœur de Jésus. Nous étions assis autour de la table, sans nous douter du danger qui nous menaçait.

GERVAIS

Mais alors !

JEAN (*s'animant*)

Alors, nous avons sauté sur nos armes. Le père a pris sa faux, moi, ma hache de bûcheron, et les femmes ont chargé les fusils. Le petit François, lui-même, armé d'un énorme gourdin, a bondi avec nous vers la porte que les bleus venaient d'enfoncer.

GERVAIS

Ah ! que n'étais-je avec vous afin de lutter pour la religion et pour le roi !

JEAN

Le combat n'a pas duré longtemps, mais si tu avais vu, mon cher Gervais, la lutte de géants que nous avons soutenue. Mon père, avec sa faux, frappait sans relâche dans les rangs des bandits. Ils tombaient ensanglantés les uns sur les autres. Ma bonne hache d'acier, bien aiguisée, faisait des merveilles. Du premier coup j'avais brisé la tête du capitaine des bleus et je continuai ma sanglante besogne.

(*François se relève et se rapproche du groupe de son frère et de son cousin.*)

*

FRANÇOIS (*brandissant son bâton*)

Et mon vieux gourdin de chêne tapait dans le tas avec ardeur, jusqu'au moment où un coup de crosse de fusil m'étourdit complètement et me fit tomber, presque sans connaissance, sur un monceau de cadavres.

JEAN

Pendant ce temps, les femmes tiraient sur les bleus qui voulaient entrer par la fenêtre. Les six coups des trois fusils de chasse abattirent six bandits; j'ai cru un moment que ces misérables allaient reculer, mais ils étaient cent, contre deux hommes, trois femmes et deux enfants.

GERVAIS

Les lâches !

JEAN

Notre père, blessé déjà de plusieurs coups de baïonnettes, brisa sa faux sur le corps de sa dernière victime. Les bleus se ruèrent sur lui....Je voulus m'avancer pour le défendre, mais je trébuchai sur les cadavres des assassins, et un coup de pistolet dans la jambe me fit rouler, presque évanoui, au milieu des morts.

FRANÇOIS

Alors les assassins se précipitent et massacrent les femmes, pendant que d'autres ligottent notre cher père dans un coin.

JEAN

Pendant ce temps, François et moi, avec mille précautions, nous avons pu nous échapper par la porte du fond et nous sommes venus panser nos blessures au pied de ce calvaire.

GERVAIS

Et la jolie ferme du Bas-Briacé?

JEAN *(il conduit Gervais vers la coulisse)*

Vois-tu là-bas, Gervais, cette fumée qui monte lentement vers le ciel?... Vois-tu cet amas de ruines?... C'est la ferme du Bas-Briacé. Ces mécréants ont tout pillé, tout démoli; puis avant de partir, ils ont mis le feu à la maison et aux écuries.

GERVAIS

Les misérables ! Les bandits !... Jean, il faut nous venger. Prenons nos armes.

FRANÇOIS *(gravement)*

La vengeance est défendue par Dieu; M. le Curé a dit au catéchisme qu'il était mal de vouloir se venger, et notre pauvre maman nous enseignait que la vengeance était un sentiment indigne d'un chrétien.

GERVAIS

Alors, il faudra tout souffrir, sans se plaindre et sans protester !

FRANÇOIS

Jésus-Christ a pardonné à ses bourreaux et il a prié pour eux.

GERVAIS

Mais on nous fait une guerre injuste, et nous sommes en droit de légitime défense.

JEAN

François a raison, il faut nous défendre mais non pas nous venger. La République a odieusement emprisonné notre bon roi Louis XVI ; la terreur veut détruire la sainte religion de nos pères et faire courber nos fronts devant l'idole révolutionnaire.... Nous avons pris les armes pour défendre notre foi et pour faire respecter les droits qui nous sont chers, mais la vengeance personnelle nous la répudions parce qu'elle est condamnée par la religion.

FRANÇOIS

Oui, Gervais, notre cri est celui-ci : Vive la Religion, vive le Roi; mais nous ne crions pas : mort aux bleus, haine aux bandits.

GERVAIS

Toujours des sentiments généreux et sublimes. Nos ennemis agissent autrement.... Vous périrez victimes de votre générosité.

FRANÇOIS

Qu'importe, Gervais, si nous pouvons mourir le front haut, et l'âme exempte de toute souillure.

GERVAIS

Vous avez sans doute été trahis ! Qui a conduit les bleus jusqu'au Bas-Briacé, si difficile d'accès ?

JEAN

Dieu me pardonne, si je fais un jugement téméraire, mais je soupçonne le gars Jacques Lorton, de la Mordonnière.... Il m'a semblé l'apercevoir dans les rangs des bleus lorsqu'ils emmenaient mon père au bourg voisin, après l'incendie de la ferme.

GERVAIS

Je n'en serais pas étonné, je me suis toujours méfié de Jacques. Il n'a pas le regard franc, et ses agissements m'ont toujours paru louches depuis le commencement de la guerre.

FRANÇOIS

Pourquoi ces soupçons injustifiés, mon frère, Jacques a vécu longtemps à la maison et rien n'a pu faire croire qu'il deviendrait un traître.... Au reste, tu as vu défiler de loin la troupe des bleus et tu as été trompé sans doute par une vague ressemblance.

JEAN

Peut-être.

GERVAIS

En tous cas, mes amis, vous avez été trahis, et vous pouvez l'être encore.... Les odieux incendiaires de votre maison ont dû s'apercevoir de votre absence. Ils vous cherchent sans doute; vous êtes trop près du Bas-Briacé et peu en sûreté dans cette clairière. Il faut s'enfuir, je vous accompagne... gagnons la Loire à travers bois, nous nous unirons aux troupes de nos amis.

(*On entend du bruit, tous les trois saisissent leurs haches.*)

JEAN ET GERVAIS

Qui va là !

SCÈNE II

LES MÊMES, JACQUES LORTON

JACQUES

Dieu et le Roi.

TOUS

Vive Dieu, vive le Roi!

JACQUES

Salut à vous les gars!

GERVAIS

Jacques Lorton.

JEAN (*en même temps*)

Jacques Lorton.

FRANÇOIS

Étrange rencontre.

JACQUES

Lui-même, prêt à vous aider à sortir de ces bois, décidé à verser son sang pour la religion et pour le Roi.

GERVAIS (*menaçant*)

Tu mens, d'où viens-tu ?

JACQUES

Je viens de Nantes, j'ai appris l'attaque du Bas-Briacé et j'accourais à votre secours....

JEAN

De Nantes ? et tout à l'heure nous t'avons vu d'ici dévalant dans le chemin qui conduit au Loroux ; tu étais dans la troupe des bleus qui ont cerné notre maison.... Tu es le complice des misérables qui ont assassiné ma mère et mes sœurs, tué mon frère et emprisonné mon père.

JACQUES

Mais....

JEAN

Oui, je te reconnais maintenant, tu portais ce costume et mes yeux ne m'ont pas trompé.

(*Les trois cousins l'entourent.*)

JACQUES

Mais je vous assure....

GERVAIS (*le saisissant au collet, le maintenant de force et l'empêchant de crier en le bâillonnant*)

Fouillons-le !

(*Jean et François cherchent dans ses poches, François trouve une lettre : il la passe à Jean qui l'ouvre.*)

JEAN

Ah, misérable traître.... Écoutez :

« Citoyen,

« Suivant tes indications nous serons demain matin, au premier jour, au carrefour des chemins du Loroux et de La Chapelle. Cent hommes armés seront là. Tu nous conduiras à la ferme du Bas-Briacé où se trouve la famille du brigand Ripoche, ennemi juré de la République une et indivisible. Quand toute la famille sera entre nos mains, tu recevras les cent écus promis.

« Salut et fraternité.

« *Le capitaine*, PORNARD. »

Es-tu convaincu de trahison, misérable.

JACQUES (*tombant à genoux*)

Grâce, grâce.... Je....

GERVAIS

Pas de grâce pour les traîtres.... (*Il brandit sa hache*) Allons, fais ta prière, brigand infâme (*il le place devant la croix*). Demande pardon à Dieu de tes crimes, tu vas mourir.

JACQUES (*à genoux*)

Grâce, grâce, pitié, je suis un misérable, mais je suis prêt à vous suivre, je serai votre plus fidèle appui.... Vive le Roi!...

JEAN

As-tu fait grâce à ma famille, victime de ta trahison ; as-tu pris en pitié ma mère et mes sœurs massacrées sans merci il y a deux heures à peine. Tiens, tu me fais horreur, misérable.... Au lieu de demander grâce, tu devrais lever tes yeux de traître vers la croix du Divin Maître, tu vas mourir et tu ne te souviens pas de la foi de ta mère, tu ne sais pas par un élan du cœur demander à Dieu le pardon de tes fautes....

JACQUES

Oh oui, pardon, pardon, je demanderai pardon,

mais faites moi grâce de la vie, Jean..., par votre
mère, par votre père....

JEAN

Mon père, qu'en as-tu fait? les brigands l'entraî-
naient tout à l'heure. Où est-il?

JACQUES

Je l'ignore.... Ils se dirigeaient vers la route du
Loroux....

GERVAIS

Allons, il faut en finir (*Il lève sa hache : François
l'arrête*).

FRANÇOIS

Un instant, Gervais, ce malheureux me fait
pitié!

GERVAIS

Garde ta pitié, François, pour nos malheureux
Vendéens qui périssent chaque jour sous le poi-
gnard des amis de ce misérable.

FRANÇOIS

Mais nous le garrotterons et nous l'emmènerons;
il nous indiquera le repaire des bandits.

JACQUES

Oui, oui, je vous livrerai tous leurs secrets....

GERVAIS

Encore une trahison, une lâcheté de plus.... Pas de quartier pour les vendus (*Il lève de nouveau sa hache.... Jean l'arrête*).

JEAN (*à François*)

Gervais à raison, ce misérable nous trahirait encore. Il faut qu'il meure.... Mais agissons en chrétiens, puisqu'il ne sait plus prier, nous allons réciter ensemble le *Pater* pour que la grâce du ciel touche son cœur endurci. Allons, à genoux, traître, c'est ta dernière prière, tu dois mourir.... Jésus-Christ est mort sur la croix, que son sang lave ton âme de ses odieux forfaits.

(*Ils tombent tous à genoux et récitent ensemble, très lentement, l'«* Oraison Dominicale *».*)

Notre Père qui êtes aux cieux, que votre nom soit sanctifié, que votre règne arrive, que votre sainte volonté soit faite sur la terre comme au ciel.

Donnez-nous aujourd'hui notre pain quotidien, pardonnez-nous nos offenses comme nous les pardonnons à ceux qui nous ont offensés....

JEAN (*se levant brusquement*)

Mais nous ne les pardonnons pas les offenses... Gervais, c'est François qui a raison, nous devons pardonner : le Christ du haut de sa croix nous en a donné l'adorable exemple.

GERVAIS

Quand je rencontre un serpent je l'écrase sous mon talon.

JEAN

Où est ta religion, où est ta foi? un instant lève les yeux vers le Christ mourant. Écoute la voix qui monte dans le silence profond de la forêt (*Un silence*). C'est la voix de Jésus, Il est étendu sur le bois de son sacrifice, Il va parler... que dira-t-Il, maudira-t-Il ses bourreaux? Enverra-t-Il ses anges du ciel pour exterminer ceux qui l'ont mis à mort.... Non! entends-tu la divine parole : Seigneur, pardonnez-leur. Et, lorsqu'à l'instant nous répétions la douce prière dominicale, il m'a semblé que du haut de cette croix la voix bénie du Christ mourant répétait : Pardonnez-nous comme nous pardonnons à ceux qui nous ont offensé. Gervais, nous devons avoir pitié du traître, la grâce de Dieu fera le reste (*Gervais jette sa hache.*).

FRANÇOIS

Puisse la clémence de mon frère toucher ton âme endurcie, Jacques.

JEAN

Et maintenant, partons. Tu vas marcher devant nous, Jacques, et tu nous conduiras vers les bleus afin que nous arrachions notre père des mains de ces bandits.... En avant, vive Dieu! vive le Roi!

TOUS

Vive Dieu ! Vive le Roi !

JACQUES (*très fort*)

Vive Dieu ! Vive le Roi !

GERVAIS

Oui, fais du zèle, mon crapaud, je me défie d'une conversion si rapide. N'oublie pas que je te surveille et qu'au premier soupçon je te brise la tête comme du verre.

JEAN

(*Il s'avance avec François vers la coulisse pour regarder les ruines du Bas-Briacé*)

François, frère chéri, nous allons partir, nous allons abandonner, sans doute pour toujours, ce cher pays où nous avons vécu jusqu'ici. Adieu, champs de nos pères, adieu, chemins ombreux du bocage où si souvent nous avons joué ensemble. Adieu, ruines noircies de notre maison familiale qui recouvrez les restes de ceux que nous aimons (*il se tourne vers la croix*). Adieu, calvaire vénéré où si souvent, les mains jointes, nous avons prié en famille le Dieu puissant qui nous châtie en ce jour, mais qui nous prépare au ciel la couronne des élus (*ils tombent à genoux*). O Dieu, veillez sur nous. Faites que nous retrouvions notre père, et qu'avec lui nous puissions lutter encore pour le triomphe de la religion.

JACQUES (*il paraît ému*)

Jean, une dernière prière avant de quitter ces lieux témoins de ma trahison et de votre magnanime clémence.

JEAN

Parle.

JACQUES

Chantons ensemble devant ce pieux calvaire l'hymne de guerre des blancs : la « Vendéenne ».

JEAN

Oui, certes, à genoux, frères.

> (*Ils mettent un genou à terre.*)

En vain de son souffle de mort
L'anarchie embrase le monde,
En vain sur nous la foudre gronde
Un bras fidèle est toujours fort. *bis*

Si devant toi, noble Vendée,
La Convention même trembla,
Pour soutenir ta renommée,
Nous serons là, nous serons là. *bis*

(*A la reprise des derniers vers, les bleus entrent sur la scène et s'emparent des blancs en chantant la* « Marseillaise », *dont le hideux couplet se confond avec la* « Vendéenne ».)

SCÈNE III

LES MÊMES. RIPOCHE père, PRELAN, MUSSIER, soldats républicains[1].

CHANT

Aux armes, citoyens,
Formez vos bataillons
Marchons, marchons
Qu'un sang impur
Abreuve nos sillons.

(Pendant ce chant, les trois paysans vendéens sont saisis chacun par deux soldats; ils se débattent, mais inutilement, en criant : Vive la Religion! Vive le Roi! On leur attache les mains derrière le dos, et on les place à côté du père Ripoche.)

FRANÇOIS et JEAN

Mon père!

LE PÈRE RIPOCHE

Mes enfants, mes chers enfants, Dieu voulait que nous mourrions ensemble, que sa sainte volonté soit faite.

FRANÇOIS, JEAN et GERVAIS

Ainsi soit-il!

---

1. Les bleus doivent être au moins cinq avec l'officier et le sous-officier.

LE PÈRE RIPOCHE

C'est encore ce malheureux Jacques Lorton qui vous a trahis. Le chant de la « Vendéenne » était le signal convenu pour annoncer votre présence aux bandits cachés dans les fourrés.

(Pendant cette scène entre la famille Ripoche, les bleus ont détaché Jacques.)

GERVAIS

Ah, vampire, ah, vipère, je leur disais bien qu'il n'y avait pas de pardon pour les traîtres.

JEAN

Qu'importe, Gervais, si notre conduite a été chrétienne. Nous avons fait notre devoir, advienne ce que Dieu voudra !

JACQUES
(Il s'approche de Gervais)

Et maintenant, je te tiens.

GERVAIS
(Il lui crache au visage)

Arrière, maudit.

(Jacques veut le frapper de son couteau.)

PRELAN

Arrête, citoyen, ces brigands ne t'appartiennent

pas. Nous allons les conduire au commandant du district qui statuera sur leur sort.

MUSSIER

Ces jeunes gens ont tué plusieurs des nôtres, leur vie nous appartient. Vengeance, vengeance.

LES BLEUS

Vengeance, vengeance.

PRELAN

Qui commande ici? J'ordonne, je veux être obéi. (*Un silence.*)

MUSSIER

Eh bien partons, mais nous saurons faire notre rapport au district. En attendant, il faut qu'ils crient : Vive la République !

LES RIPOCHE (*ensemble*)

Vive la Religion ! Vive le Roi !

(*Sur un signe de Mussier, les soldats s'approchent et appuient leurs baïonnettes sur la poitrine de chacun des blancs.*)

LES RIPOCHE (*plus fort*)

Vive le Christ ! Vive le Roi !

(*Prelan s'interpose et repousse les soldats.*)

PRELAN (*tenant un revolver*)

Le premier qui blesse un de ces hommes je le tue comme un chien (*Ils reculent*).

MUSSIER (*mécontent*)

Nous nous retrouverons devant le chef du district.

PRELAN

La Convention nous a ordonné de détruire tous les signes de l'ancienne religion, remplacée par le culte de l'Être Suprême. Cette croix doit disparaître. Vous êtes bûcherons, citoyens, et nous savons comment vous maniez la hache, je promets la vie sauve à celui qui abat ce calvaire.

LES BLANCS

Bravo! Bravo!

LES RIPOCHE

Vive Jésus-Christ!

JEAN

Qu'on me détache et qu'on me rende ma hache!

LE PÈRE RIPOCHE

Jean, mon fils, par le sang de ta mère, par le sang de Dieu lui-même, épargne à ton vieux père ce chagrin, cette douleur (*Il chancèle*). Mieux vaut la mort que la honte!

JEAN (*à part à son père*)

Comptez sur moi, mon père. Je resterai digne de vous.

(*Deux soldats détachent Jean, à peine a-t-il les mains libres qu'il saisit sa hache et se place devant la croix.*)

JEAN

Mort à celui qui insultera la croix de Jésus-Christ, je la défendrai jusqu'à mon dernier soupir[1].

(*Cris de rage des bleus.*)

PRELAN

En avant, soldats!

(*Les soldats s'avancent, mais la hache du jeune homme tournoie dans sa main habile, deux fusils sont brisés et deux soldats tombent blessés dans la coulisse. Les autres reculent.*)

MUSSIER

Malédiction!

LE PÈRE RIPOCHE

Bravo, mon fils!

LES BLANCS

Vive le Christ, Vive la Religion!

PRELAN

Armez vos fusils!

______

1. Paroles historiques du héros chrétien.

LE PÈRE RIPOCHE

Courage, mon fils.

PRELAN

En joue.... (*à Jean*) Rends-toi !

JEAN

Rends-moi mon Dieu !

PRELAN

Feu !

(*Les fusils partent.*)

JEAN

(*Il tombe en entourant la croix de ses bras.*)
J'adore le signe de ma rédemption !

RIDEAU

---

1. Paroles authentiques de Ripoche mourant.

Ouvrages de M. de MARTRIN-DONOS

En Vente chez M. Haton

OPUSCULES DE PIÉTÉ

Petit Manuel des Congréganistes.
La Communion sacrilège. Son crime, etc., démontré par des
 exemples, 1ʳᵉ série.
Petit Mois de Saint Joseph.
Petit Mois de la Sainte Vierge.
Petit Mois du Sacré-Cœur.
Petit Mois des Saints Anges et du Saint Rosaire.
Petit Mois de l'Enfant Jésus.
Petit Mois des Ames du Purgatoire.
Petite Retraite préparatoire à la Première Communion.

En Préparation :

Exercices de piété pendant la Retraite de Première communion.
Préparation à la Confirmation (Suite du précédent).
La Communion sacrilège (2ᵉ série).
Manuel pour la sanctification des vacances.

EN VENTE CHEZ L'AUTEUR

Au Pays du Sauveur. Ouvrage de 400 pages, honoré d'une
 approbation de Sa Grandeur Monseigneur l'Évêque de Luçon.
Récits et Souvenirs des Guerres de Vendée.
Une Fleur de nos Collèges catholiques de Vendée.

DU MÊME AUTEUR

En Vente chez M. HATON, 35, rue Bonaparte, PARIS

DRAMES ET COMÉDIES

Jehan de Harpedanne. Mélodrame historique en 3 actes et 7 tableaux (3e édition).

Guy de Commines. Drame historique en 5 actes et 8 tableaux.

Aymar de Nanteuil. Drame en 3 actes.

L'Héritage de l'Anglais. Comédie en 3 actes.

Marius Larbineau. Comédie en 2 actes par Joseph ROQUES, dédiée à M. de Martrin-Donos.

Albéric d'Aumont ou *Saint-Philbert*, défenseur de Noirmoutier. Drame en 3 actes.

Peintre et Musicien. Comédie en 1 acte.

La Ligne droite. Drame historique en 3 actes, par J. RELLNO. Préface de M. de MARTRIN-DONOS.

Un Crime rituel ou *Les Mystères de Palluau*, par M. GOU-PILLEAU. Préface de M. de MARTRIN-DONOS.

Ripoche. Scène historique en 1 acte, tirée des guerres de la Vendée.

En Préparation :

Deux Locataires pour un logement. Comédie-bouffe en 1 acte.

Fornoue. Drame historique.

Le Secret des Fontenelles, Drame pour jeunes filles.

Les Sables-d'Olonne. — Imprimerie de l'*Étoile de la Vendée.*